Georges **MIRAILLET**

AU GRÉ DES BRISES

LYON

LES ÉDITIONS DU FLEUVE

42, Quai Gailleton, 42

1925

AU GRÉ DES BRISES

Georges MIRAILLET

AU GRÉ DES BRISES

LYON
LES ÉDITIONS DU FLEUVE
42, Quai Gailleton, 42
—
1925

A MON PÈRE,
A MA MÈRE,

Je vous offre ce livre.

A qui donc, mieux qu'à vous, pourrais-je confier
Mes rêves, mes espoirs, mes illusions, mes fièvres ?
N'avez-vous pas donné l'impulsion à mes lèvres ?

A qui donc, mieux qu'à vous, pourrais-je dédier
Ce livre dans lequel il faut entre les lignes
Lire bien des pensers sans le secours de signes ?

PRÉLUDE

Mes pensers, bien souvent, par l'invisible porte,
S'en vont avec le temps qui si loin les emporte
Que jamais je n'ai pu découvrir le chemin
Qui les conduit je crois vers quelque heureux destin.

Mes pensers sont de ceux qui naissent en automne :
Je ne puis les garder, il faut que je les donne
A l'espace infini, comme l'arbre offre au vent
Les feuilles, certains jours, qui tombent en rêvant.

Mais malgré l'aquilon, quelques feuilles subsistent
Auprès des arbres gris qui vieillissant s'attristent ;
Quelques rares pensers me sont restés aussi,
Ce sont ceux que j'ai pu vous consigner ici...

Surtout, excusez le désordre
Que mes vers vous présenteront,
J'ai pensé que les mettre en ordre
Ne servirait à rien de bon.

Et puis, en ordre, je ne nie,
Les vers me semblent ennuyeux,
J'y vois trop de monotonie
Et pour l'esprit et pour les yeux.

Que mon pêle-mêle vous plaise,
Amis lecteurs, à moi venus,
Croyez que j'en serai bien aise,
Je ne demande rien de plus.

LA SOURCE

Cette source, que j'aime à voir,
C'est un miroir
Qui rit et pense,
Qui parle bas et que j'entends
Etrangement
Dans le silence.

Bien volontiers, je vais m'asseoir,
Matin ou soir
Tout auprès d'elle...
Mais l'eau, dit-on, oublie et ment :
C'est effrayant
Elle est si belle !...

LE SOIR

Quand le soleil quitte la terre,
Je vais volontiers promener
Sur une route solitaire,
Où le hasard sut me mener ;

Je n'y vais pas par habitude,
Mais avec le secret espoir
D'y jouir de la solitude
A la douce fraîcheur du soir.

Sur cette route qui sommeille,
Quel recueillement merveilleux !
Mon âme immortelle s'éveille
Comme dans un temple des Cieux !

Les anges parlent sans parole
De mes regrets, de mes désirs ;
Et pas un d'entre eux ne s'envole
Avant de calmer mes soupirs.

Aussi, lorsque mon cœur soupire
De quelque poids mystérieux,
Vais-je retrouver mon sourire
Sur cette route, près des Cieux...

Oh ! je comprends le solitaire
Qui fuit les sentiers d'ici-bas
Et, vivant, efface sur terre
Toutes les traces de ses pas !...

LA NATURE

Je vois la Nature si belle !...
Je ne me lasse d'admirer
Sa beauté sans cesse nouvelle
Qui toujours sait nous inspirer.

Oui, j'aime ! j'aime la Nature !
Que ce soit l'hiver ou l'été,
Dès que je l'entends qui murmure,
Je laisse tout pour l'écouter.

O Nature ! je te contemple
Dans tes innombrables beautés ;
En toi je vois le très beau temple
De toutes les divinités.

Tes expressions sont nombreuses,
Fort belles tes créations ;
Et, pour les âmes malheureuses,
Tu gardes tant d'illusions !

L'homme trop souvent te méprise ;
Dans sa fiévreuse activité,
Tu lui sembles beaucoup trop grise ;
Il fait peu de cas ta beauté.

Pourtant, Nature souveraine,
Et sur la terre et sur les eaux,
L'homme, au lieu d'écouter sa peine,
Devrait te confier ses maux...

PENSÉE

De l'homme la pensée est sombre.
A travers l'ombre
Elle descend
Suivant une pente insensible
Vers l'invisible
Eblouissant...

N'approfondissez pas un rêve,
Quand il s'achève
Laissez le fuir.
Car un rêve que l'on commente
Toujours tourmente
Sans assagir...

LA MUSE

Je suis victime d'une amante
Qui me tourmente
Soir et matin.
Elle est chaque jour plus ardente
Et souvent chante
Sur mon chemin.

Je ne puis certes méconnaître
Qu'elle fait naître
L'amour du Beau ;
Mais je crains que l'enchanteresse
Soit ma maîtresse
Jusqu'au tombeau...

LES MESKINES (1)

Sur le chemin, devant ma porte,
Je les vois chaque jour passer
Et leur lamentable cohorte
Semble toujours se renforcer.

Parmi ces malheureuses âmes,
Il est toutes sortes de gueux :
Des enfants, des hommes, des femmes,
Invalides ou paresseux.

Ils ont bien tous semblable allure ;
Couverts de loques et pouilleux,
Les meskines, à l'aventure,
Vont sans cesse vers d'autres lieux...

(1) En Afrique, les pauvres.

Je sais bien que c'est, en Afrique,
Trop couru d'être mendiant
Pour qu'on puisse dans la pratique
Secourir vraiment l'indigent,

Mais, comment rester insensible
Devant tous ces infortunés ?
Oh ! spectacle triste et pénible !
Pourquoi tous ces abandonnés ?

LE COEUR

Cet homme sec au regard froid,
Qui devant notre maison passe,
J'ai voulu, je ne sais pourquoi,
Voir si son cœur était de glace.

Je l'ai longuement observé.
J'ai pu le voir en sa demeure,
Il a volontiers enlevé
Son masque qui souvent nous leurre.

J'ai fouillé longuement son cœur :
J'ai vu qu'il n'était pas de glace ;
J'avais commis la grosse erreur
De confondre l'homme et sa face...

Enfin, comme dans un miroir,
C'est avec un bonheur extrême
Qu'une fois de plus j'ai pu voir
Le cœur humain, toujours le même :

Berceau des joies et des douleurs
On sent fort bien lorsqu'on le fouille
Qu'il est des rayons dans ses pleurs.
Mais à quoi bon ?... On s'agenouille...

Pauvre homme, souvent sans bonheur,
Lorsque ta jeunesse est fanée
Il te reste à draper ton cœur
Du triste linceul de l'année...

L'ÉPÉE

Ce n'est pas une vision
Qui m'apparaît là-bas dans l'ombre !
Qu'est ce point d'exclamation ?
Et que fait-il sur ce mur sombre ?

Voyons, je veux savoir cela.
Ma lampe, je l'allume... Un glaive !...
Dis-moi, qu'es-tu ? Que fais-tu là ?
Misérable instrument !... Je rêve ?...

— Non, tu ne rêves pas : je suis.
Pourtant tu divagues, écoute :
Je suis l'épée et je poursuis
Mon idéal, quoi qu'il m'en coûte ;

Ménage ta mauvaise humeur
Et tes insolentes menaces ;
Sache bien que je n'ai pas peur,
Surtout de mesquines grimaces.

Je suis là pour te protéger,
Je n'aime pas faire la guerre
Mai je surveille l'étranger
Et je défends notre frontière.

Si tu ne peux me supporter,
Au lieu de marmotter sans cesse,
Travaille avec l'humanité :
Du Droit, fais une forteresse...

A LA NUIT

Belle passagère céleste,
De grâce, reste
Encor longtemps !
Tu nous fais oublier le monde ;
Ta paix profonde
Vaut maints calmants.

Garde-nous dans ta paix immense,
Vois, ta présence
Pour notre cœur
Est un bonheur indéniable
Bien préférable
Au jour moqueur.

L'AURORE

Oh ! spectacle féérique
        Et poétique
        Déjà lointain !
Je voudrais bien revoir encore
        Ce que l'aurore
        Fut ce matin !

Hélas ! Ce désir qui m'amuse,
        Je ne m'abuse,
        Est bien trop vain ;
Car, une aurore qui s'achève
        C'est un beau rêve
        Déjà loitain...

A UN INFATUÉ

Votre titre et votre origine !
Gardez cela pour vos laquais !
Votre bonne ou mauvaise mine,
Lorsqu'on vous croise sur les quais,

Apprenez-le, pauvre jeune homme,
Nous fait sourire ou bien pitié.
Peu nous importe votre home,
Encore bien moins votre amitié.

Sachez bien qu'au siècle où nous sommes,
Ceux que vous croisez chaque jour
Prétendent tous être des hommes
Et vous le dire sans détour...

SONNET

Ne comptant pas sur cette terre
Trouver pour emplir tout mon cœur,
N'apercevant point l'âme sœur,
Je resterai célibataire.

Et puis, je n'en fais pas mystère,
Ici-bas l'amour me fait peur ;
J'exigerais trop de douceur ;
Je saurai vieillir solitaire.

Je ne veux pas vivre à demi.
Je sens tout mon corps qui frémit
Lorsque je pense à l'étrangère

Qui resterait en ma maison.
A telle fin que de raison
Je resterai célibataire.

SONNET

Cette nuit tu m'as réveillé
Bien doucement je me rappelle ;
Le ciel était tout étoilé,
Tu restais immatérielle...

Ah ! ta musique m'a troublé,
Elle était douce et puis si belle !
Mais, je suis pourtant désolé
Car ma mémoire est infidèle

Et je ne puis me rappeler
Ces vers si doux qui me bercèrent
D'une musique salutaire,

Sous un beau ciel bien étoilé.
Muse, grâce ! Viens me redire
Ces vers que réclame ma lyre !

LE SOMMEIL

Le sommeil ! Quel génie étrange !
        Est-ce un bon ange ?
        Est-ce un démon ?
On le voit chaque jour paraître
        Puis disparaître
        A la maison.

Que vient-il faire en nos demeures
        De longues heures
        Et tous les jours ?
Je croyais la vie assez brève ?
        Il nous enlève
        A nos amours...

LES ADIEUX

Ami, si quelque jour vous quittez votre amante
Surtout ne soyez pas cruel !
Dites-lui tout d'un coup la nouvelle importante
Sur le ton le plus naturel.

Je sais qu'en général on s'excuse, on hésite,
Craignant souvent d'être trop dur ;
On sait qu'il faut partir, mais à chaque visite
On ne tient qu'un langage obscur.

Ne vous étonnez pas, ne prenez pas la peine
De m'exposer quelques raisons ;
Ecoutez-moi plutôt et vous verrez où mènent
Les adieux lorsqu'ils sont trop longs :

Je regardais un jour la source qui murmure
Et tout à loisir j'ai pu voir
Les adieux de l'automne à ce filet d'eau pure.
O ces adieux ! Quel désespoir !

Quelques feuilles d'abord de certains arbres tombent
Pour simplement prévenir l'eau
Que successivement chaque chose succombe
Et qu'au ris succède un sanglot.

Dès lors l'eau se recueille et quelquefois se ride,
Appréhendant quelque malheur,
Sur ses bords plus de chants et les prairies se vident,
Tout est triste et glace le cœur.

Puis de chaque arbre enfin les feuilles se détachent
Et toutes lentement s'en vont
Porter au filet d'eau que leur tristesse tache
De longs adieux de la saison.

Chaque feuille en tombant provoque une blessure
Qui sur l'eau s'élargit toujours
Et la source tressaille, et, dans un long murmure,
A l'automne tient ce discours :

« Assez ! De grâce, assez de missives semblables !
Pourquoi prolonger vos adieux ?
Puisqu'on doit se quitter, ces feuilles lamentables,
Jetez ensemble sous mes yeux !... »

Que ceci, cher ami, n'attriste votre course,
(J'en serais vraiment désolé).
Mais, lorsqu'il le faudra, rappelez-vous la source
Au miroir trop longtemps troublé...

L'ENNUI

Maintes fois, triste je repose,
Attendant un sommeil qui fuit ;
Je ne sens qu'une étrange chose :
L'ennui, l'ennui, partout l'ennui !

Parfois, je cherche en vain la cause
D'un air chagrin qui me poursuit,
Mon livre me paraît morose,
Je vois tout sombre avant la nuit !...

Seigneur ! Seigneur ! Seigneur, de grâce !
Ne me laissez point méditer !
Chassez de moi ce sombre espace,

Rendez-moi mon activité !
Rendez-moi mes sites sauvages !
L'ennui me tue en ces parages !...

A LA SOLITUDE

O Solitude précieuse,
Je t'adore profondément !
Je te trouve délicieuse,
    A tout instant !

Quand par la plaine ou la montagne,
Me croyant seul, je vais rêvant,
Tu me berces, chère compagne,
    Bien doucement.

Dans ma chambre souvent nous sommes,
Très loin des bruits quoique près d'eux
Oubliant tout à fait les hommes,
    Bien seuls tous deux.

Assez vite l'heure s'écoule,
Et pour vivre réellement
Ne nous mêlons pas à la foule
Un seul moment.

Savourons tout ce que nous disent
Silencieusement nos cœurs ;
Consolons-nous, à notre guise,
De nos douleurs.

Près de toi, ce n'est pas un rêve,
Je sens mon âme s'apaiser.
Je ne voudrais pas que s'achève
Ton doux baiser.

Je t'en supplie, ô mon amante,
Reste, j'ai tant besoin de toi !
Laissons l'humanité bruyante,
Reste avec moi !

A Mademoiselle M. P.

Excusez-moi, c'est du bureau
Que je vous fais ce petit mot.

Si mon papier n'est pas superbe
Ne lui faites point mine acerbe,
Et, s'il vous porte simplement
Quelques lignes en ce moment,
Acceptez les pensers qui volent
Vers vous en grande banderole...

Oh ! Ces pensers sont bien légers !
Et combien douce est la caresse
Que me donnent ces passagers
Lorsqu'ils s'en vont à votre adresse !

Laissez, laissez les approcher,
Par eux le souvenir s'aiguise ;
Puis, laissez, laissez-les marcher,
Vers l'inconnu, tout à leur guise...

GLOIRE AU FEU

A ma sœur Lucienne.

Allons, approche-toi, viens ne sois plus peinée,
Regarde ce bon feu de sarments enlacés ;
Gloire à lui ! gloire au feu de notre cheminée
Qui sait nous réchauffer quand nous sommes glacés !

Il est bon de chanter cette clarté mobile
De celui qui malgré le brouillard et la nuit,
Qu'il luise à la campagne ou qu'il brille à la ville,
Réchauffe la famille et tous nous réjouit...

Etendu prudemment assez loin de la flamme,
La tête sur mes pieds, vois Finaud qui s'endort.
Et, tandis que Mamour quelques vers nous déclame,
Le ron ron de Minou se fait encor plus fort.

Ah ! bien paisiblement, parmi vous tous, je pense
Que ce feu contemplé fut pour moi bien souvent,
Au cours des voyages que je fis loin de France,
Mon ami le plus cher et mon seul confident...

SONGES

J'ai rêvé que j'étais auprès d'un grand lac sombre ;
Le ciel était couvert de nuages errants
Que semblaient emporter encor plus loin dans l'ombre
    Quelques invisibles courants.

J'observais longuement, je cherchais à connaître
Pourquoi tout ce chagrin sur la terre et sur l'eau ;
Mais je cherchais en vain : je ne vis rien paraître
    Qui ne fut un nouveau sanglot...

J'ai rêvé que j'étais au bord de la Durance ;
Le site était charmant, un rossignol chantait,
Je me croyais vraiment en mon pays, en France,
    Et tout me paraissait fort gai.

Ravi, je contemplais l'eau, les cieux et la terre,
J'étais sur le sentier le plus ensoleillé.
Mais, j'ai voulu mieux voir et questionner l'eau claire,
L'effort, hélas, m'a réveillé...

Aussi, je ne veux plus approfondir mes songes.
J'accepterai tels quels tous mes rêves charmants ;
Les autres s'en iront, je penserai : mensonges.
Je n'augmenterai mes tourments.

LE MOUCHERON

Depuis certes bien plus d'une heure,
Il m'agace avec sa chanson,
L'intolérable moucheron
Qui malgré tout ici demeure.

Et j'ai beau désirer qu'il meure
Ou qu'il parte de ma maison,
Je ne puis en avoir raison,
Il ne veut quitter ma demeure...

Peut-être veut-il me montrer
Notre faiblesse sur la terre,
Où nous devons, bon gré mal gré,

Quelque puissant soit notre père,
Devant les forts nous incliner
Et tous les faibles supporter.

PLUIE AU MAROC

Pin ! Pan ! Pin ! Ecoute Mérième !...
Entends-tu ? Mais quel est ce bruit
Qui se poursuit toujours de même
Tandis qu'il fait encore nuit ?

— Sidi, çà c'est de l'eau qui tombe —
C'est vrai, je comprends maintenant,
Mais nous sommes loin de la combe
Ce n'est donc pas inquiétant.

Et puis d'ailleurs la tente est bonne
Et le fossé profond autour ;
Que nous importe donc qu'il tonne,
Dormons en attendant le jour...

Dès le petit jour je me lève,
Inquiet de mes animaux
Qui depuis quinze jours sans trêve,
Circulent par monts et par vaux.

Mais dans quel état indicible
Je les trouve tous ce matin !
Le spectacle est vraiment pénible,
Ils ont tellement l'air chagrin !

Mon cheval surtout m'inquiète,
Il me regarde tristement
Et dans sa piteuse toilette
Il n'a certes rien de fringant...

Il pleut ! il pleut toujours ! Richesse
Pour ce pays si pauvre en eau ;
Mais malgré tout, je le confesse,
La pluie est pour moi de trop.

Et puis on ne voit que des larmes
Sous le ciel tout de gris couvert ;
La nature a bien moins de charmes
Quand il pleut que pendant l'hiver.

Oh ! Seigneur, que la pluie est triste !
De grâce, assez pour aujourd'hui
Car malgré tout on ne résiste
Au deuil général, à l'ennui !...

HEURE VAINE

Sous cet infini qui m'accable,
Je cherche désespérément
Je ne sais quoi d'inexplicable
Qui m'intrigue passionnément...

En vain mon horizon recule,
En vain j'interroge les cieux :
A peine un faible crépuscule
Apparaît parfois à mes yeux.

Je vais à travers l'ombre épaisse ;
Hélas ! Je ne fais qu'entrevoir
Une estompe qui vite cesse
En augmentant mon désespoir !...

Ah ! bien heureux sur cette terre
Le sage qui ne cherche pas
L'explication du Mystère
Qui toujours s'enfuit sous nos pas !...

SONNET

A ma sœur Marie-Louise.

Je t'envie, ô ma jeune sœur,
Tu restes une enfant modèle,
Dont le cœur chaque jour révèle
A ton insu plus de douceur.

Peu t'importe le jour moqueur,
Avec sa brume accidentelle,
Car dans la maison paternelle
Ton âme a gardé sa candeur.

Je t'aperçois parmi les roses
Et tes lèvres, comme elles roses,
Livrent aux fleurs quelque secret,

Tandis que d'une main gracile
Tu caresses un verticille
Que tu vas cueillir à regret.

A mon Frère CLÉMENT

Ne t'inquiète pas, malgré ton ciel bien sombre.
Le soleil, bien des fois, nous laisse errer dans l'ombre,
Mais toujours il revient, souriant, radieux,
Nous apporter la joie en consolant nos yeux.

A quoi te servirait un désespoir coupable ?
Sinon à t'affaiblir et te rendre incapable
De lutter à nouveau !... Se résigner est mal,
Et la soumission n'est que pour l'animal.

Lutter ! lutter toujours ! c'est le rôle de l'homme
Qui est supérieur à la bête de somme
Et ne doit pas subir toutes les volontés
D'êtres qui sont parfois un peu trop exaltés !

Ah ! nous ne sommes plus aux époques lointaines
Où le simple mortel embarrassé de chaînes
N'aurait jamais osé son droit revendiquer !
Nous naissons pour régner et non pour abdiquer.

SONNET

A Mademoiselle R. H.

Un jour, je vous dirai, mais simplement en prose,
Une histoire, vécue il n'y a pas longtemps,
Que, par discrétion, je ne puis maintenant
Conter sans passion et sans métamorphose.

Alors vous comprendrez, mademoiselle Rose,
Pourquoi vous me trouvez aujourd'hui peu galant,
Inquiet, solitaire et songeur bien souvent...
Ah ! Croyez que la vie est quelquefois morose !

Vous êtes jeune encor, vous êtes une enfant
Qui n'a jamais quitté les jupes de maman.
Vous vous étonneriez, peut-être sans comprendre ;

Vous me jugeriez mal et penseriez soudain
Mon horizon réduit et mon œil incertain...
Mais, n'anticipons pas, j'ai dit qu'il faut attendre.

A DES CRITIQUES
INCONNUS

Oui, je sais, je vous fais sourire ;
A d'autres je ferais pitié.
Je crois même qu'on a su dire
Que ce n'était pas mon métier !

Vous n'êtes pas très charitables !
Pourtant je ne saurais faillir
Devant les critiques coupables
Que vous ne savez contenir.

Je sais, je ne suis pas un maître,
Mais ce n'est pas cette raison
Qui me fera vraiment admettre
Votre unique diapason.

Que vous soyez hommes ou femmes,
Je doute fort que vos falots
Permettent de sonder les âmes
Et d'en juger ris et sanglots.

Et si parfois jure ma corde,
Dites vous bien, ò mes amis,
Que mon luth seulement j'accorde ;
Je suis novice : c'est admis.

SONNET

Lorsqu'enfant je rêvais sous un beau ciel sans lune,
Devant un firmament joliment constellé,
Mon âme, simple alors, savait me révéler
Quelque secret divin, en contemplant Neptune...

Aujourd'hui, quand parfois le doute m'importune,
J'implore bien en vain tout le ciel étoilé ;
Et je reste songeur, sans pouvoir démêler
Quelles sont les raisons de ma triste infortune...

Ah ! Le doute me pèse et désole mon cœur !
Je pense malgré moi, je cherche avec ardeur
Car chaque jour un peu l'incertitude augmente ;

Hélas, je ne vois rien ! je ne vois rien du tout !...
Amis, ne pensez pas, ne doutez pas surtout :
Gardez, gardez la Foi, car le doute tourmente.

CHIMÈRES

Tandis que notre âme enflammée
Part en fumée
Avec les ans,
Semblables à des éphémères
Vont nos chimères
Au gré des vents.

Quand l'arbre du bonheur s'effeuille,
On se recueille,
Et bien souvent
On songe à la fin du voyage
Qu'annonce l'âge
Bien tristement...

SONNET

Encor parler de mon amante !
Mais que vous importe, messieurs ?
Sachez qu'elle est pour moi charmante
Et que vous êtes ennuyeux.

Je n'aime point qu'on me tourmente,
Et, croyez-moi, vous feriez mieux
De ne plus parler de sa mante
Puisqu'elle ne plait à vos yeux.

Vous êtes pis que ces commères,
Aux mines plus ou moins austères,
Dont vous vous moquiez autrefois.

Au moins elles avaient l'excuse
D'être d'intelligence obtuse.
Je vous jugeais mieux tous les trois.

QUI SUIS-JE ?

Je ne me connais plus ! Qui suis-je maintenant ?
Quel démon me possède et sans cesse me hante ?
Et comment se fait-il qu'à l'époque présente
Je haïsse la foule aussi profondément ?

L'homme ne m'a rien fait, mais je le fuis pourtant ;
Sa vie, à mon idée, est vraiment trop bruyante,
Sa présence m'ennuie et même me tourmente
Au point que je voudrais m'enfuir vers le Néant..

Rien ne distrait mes yeux, immobile je rêve.
Chaque jour, un peu plus, vers l'inconnu s'élève
Mon âme qui grandit toujours vers son destin.

Mais quel est ce démon, pur, subtil et vivace,
Qui me conduit ainsi doucement dans l'espace ?...
Qui suis-je maintenant ? Que serai-je demain ?...

FANTAISIE

Amis, ne soyez pas moroses,
Voyez les roses
De vos jardins
Sourient toujours, même au fleuriste
Si fantaisiste
Aux yeux malins.

Pourquoi cette figure austère,
Qui nous atterre
Profondément ?
Nous aimerions vous voir sourire
Et de Shakespeare,
Et de Roland.

CONSEIL

Puisque rien de vous ne l'exige,
Ne dépouillez en aucun temps,
Pas plus en hiver qu'au printemps,
La Nature de son prestige.

N'attentez pas à son secret,
Contemplez-la telle une amante
Qui reste d'autant plus charmante
Qu'avec elle on reste discret.

Croyez-moi, c'est une imprudence
De pécher par curiosité
Car bien souvent la vérité
Nous fait regretter l'ignorance.

PRÉNOM D'AMIE

Dans la plaine ou dans la montagne,
Lorsque je vais par le grand vent,
Il est un mot qui m'accompagne :
On croirait un gémissement.

Lorsque parfois je me promène
Paisiblement au bord de l'eau,
Il me semble qu'une sirène
Change ce mot en un sanglot.

Un jour, dans la forêt lointaine,
J'ai cru comprendre que les bois
Me répétaient à perdre haleine
Ce mot que j'aimais autrefois...

Vous avez deviné sans doute
Que ce mot n'est autre qu'un nom ?
C'est mieux encor, et je l'écoute
Surtout parce qu'il est prénom...

NOCTURNE

La nuit déjà tombait, le lac était tranquille.
Un vent mystérieux passait dans les roseaux,
Dans le lointain déjà s'illuminait la ville,
      Le ciel se mirait dans les eaux.

Assis nonchalamment sur un tapis de mousse
Je rêvais entouré d'agréables senteurs
Qu'une main invisible et combien de fois douce
      M'apportait gentiment d'ailleurs.

Alors, oubliant tout ce qui sur cette terre
Me fait bien trop souvent haïr la société,
J'écoutais le beau lac me conter le mystère
      Des rares vertus du Léthé.

SONNET

Vivre : c'est la loi générale,
Le but de tout être vivant,
Erudit ou bien ignorant.
Vivre : résume la morale.

Voyez, la nature signale
Autour de vous, à chaque instant,
Des espèces s'entr'immolant,
Sans qu'on se plaigne de scandale.

Chaque être immole avec plaisir,
Et jamais aucun repentir
Ne trouble la faim satisfaite.

Il ne faut donc pas s'étonner
Que l'homme puisse ambitionner
De son ennemi la défaite.

SONNET

Lorsqu'après quelque long voyage
Je me retrouve parmi vous,
Rochers dont je ne connais l'âge
Et qui toujours êtes debout.

Devant mes yeux passe un nuage,
Et, j'entends les cris des hiboux
Qui cachés dans quelque feuillage
Me menacent de leur courroux.

Je vous vois toujours au village
Avec votre maigre visage
Agrémenté de petit houx ;

Et, toujours vous bravez l'orage,
Tandis que vieux je suis jaloux
Du sort des rocs et des cailloux.

DANS LA NUIT

Respirer, errer dans l'espace,
Seul dans la nuit et face au ciel
Se sentir subtil et vivace
Est un bonheur providentiel.

Contempler l'âme universelle,
Et, n'existant que comme esprit,
Sentir qu'autour de soi ruisselle
Un bonheur qui n'est pas décrit ;

Oublier l'existence humaine
Qui souvent nous occupe en vain ;
Ah ! ne plus se sentir de chaîne !
Vivre sans songer à demain !...

Oh ! que de doux moments je passe
La nuit à contempler les cieux,
Tandis que mon cœur se délasse
Dans quelque site merveilleux !

J'admire surtout une étoile
Qui me regarde tendrement ;
Bien rarement elle se voile
Cette étoile du firmament.

Tandis que dans le vide immense
S'épanche l'âme de la nuit,
Devant cette étoile je pense ;
J'aime à l'admirer loin du bruit.

Le ciel, comme un grand lac tranquille
Où rien n'oserait se mirer,
Semble à cette étoile gracile
De bien jolis vers murmurer.

Aussi, pendant longtemps j'écoute
La douce musique des cieux.
Malheureusement il m'en coûte
Chaque fois de rouvrir les yeux...

SUR LA COTE

Un jour de Juillet, je m'étais enfui
Bien loin de cette foule qui m'accable,
Et, je rêvais quelque part sur le sable,
    Comme aujourd'hui.

Amphitrite me charmait de son bruit,
Mon petit coin de terre perméable
Bien que grisâtre m'était agréable,
    J'étais séduit.

Je ne cessais d'admirer le bleu tendre
Qui me semblait, pour moi, du ciel descendre,
    J'étais heureux.

Je bâtissais sur l'incertain du sable
Et mon esprit voletait dans les Cieux,
    Vers l'Insondable.

Amphitrite m'avait séduit,
Alors qu'à mes pieds sur le sable
Elle savait être agréable
Et chassait bien loin mon ennui.

Pourquoi donc est-elle aujourd'hui
On ne peut plus désagréable ?
Je la trouve inabordable
Et ses flots font bien trop de bruit...

Tandis que sa fureur persiste
Je ne vois plus que du bleu triste
Qui se perd dans un ciel trop gris ;

Je n'ose bâtir sur le sable ;
Mes horizons sont assombris
Devant Amphitrite insondable...

MÉDITATION

Tant ma maladie est banale
Que j'ai honte de l'avouer :
Je suis chagrin, je suis doué
D'une humeur par trop automnale...

Souvent un réveil déchirant
M'apporte un bien piteux dilemme :
Je ne crois à rien et je n'aime.
Je me morfonds sur un divan.

Je me sens pourtant assez libre,
Bien que je porte le dolman,
Et, je n'ai pas un seul tourment
Qui puisse indisposer ma fibre.

Je fais un peu ce qu'il me plait,
Et, n'ai jamais admis les chaînes
Des obligations mondaines
Qui portent un trop gros boulet...

Je regrettais la solitude
Lorsqu'il y a quelques instants
Contre mon gré j'étais longtemps
A jacasser avec Gertrude ;

Et, maintenant que je suis seul,
Enfermé dans ma Thébaïde,
Tout chez moi me semble insipide,
Le ciel m'est comme un grand linceul...

Je ne sais peut-être pas vivre ?
Alors, je ne saurai jamais,
Car je ne pourrai désormais
Une autre existence poursuivre...

Mais cet ennui ne peut durer ;
Bientôt je reprendrai ma plume
Et je n'aurai plus l'amertume
Que je viens de vous déclarer.

LEURS MAINS

J'étais allé, par politesse,
Accompagner un mien ami
Jusqu'au café, prendre un demi.
L'heure semblait enchanteresse.

Etaient à quelques pas de nous
Quelques princesses équivoques
Que trahissaient des pendeloques
Et des sourires andaloux ;

De tous leurs riches artifices
Ces femmes savaient se flatter,
Et, leurs mains faisaient miroiter
Leurs bijoux aux moments propices.

Pauvres mains blanches, douces mains
Que l'on voit sortir paresseuses
D'un nid d'étoffes précieuses,
Que n'êtes-vous dans des écrins.

Vous me paraissez malheureuses,
Vos gestes me sont douloureux,
Oh ! vous devez maudire ceux
Pour qui vous êtes doucereuses !...

A UNE ACTRICE

Vous étiez un grand personnage,
D'un tout jeune âge,
Aux yeux très doux.
Je vous présentais mes hommages
Et sans ambages
Pris rendez-vous.

Bien qu'alors votre maquillage
Portât ombrage
A mon bijou,
Je reconnus votre visage
Et davantage
Votre frou-frou.

PLUIE A LA CAMPAGNE

Semblant autour de moi répandre
Comme un bruit monotone et tendre
Paraissant venir de là-bas,
La tristesse pleurait tout bas.

Le vent faisait gémir les branches,
Et, leurs larmes sur les pervenches
Tombaient sans cesse avec un bruit
Qui devait engendrer l'ennui.

Au loin de grands peupliers sombres
Dessinaient sur le ciel des ombres
Qui s'inclinaient languissamment
Chaque fois que passait le vent.

Dans les champs comme sur la route
L'ennui descendait goutte à goutte ;
De tristesse l'air était plein
Et mon cœur même était chagrin.

LE PASSÉ

Il vient parfois lorsque je songe,
Drapé d'un vaste linceul gris,
S'asseoir sur quelques chers débris
Parmi lesquels mon regard plonge ;

Certains jours, recherchant l'oubli
Qui de bien des maux me délivre,
Je le vois tout couvert de givre
Assis près de moi sur mon lit ;

Il vient aussi dans mon cœur vide
Sur les ailes du souvenir,
Alors il sait me rajeunir
Et me rendre une âme candide ;

D'autres fois il semble stupide
Et n'arrête pas de gémir :
Dois-je l'aimer ou le bannir
Ce passé trop souvent livide ?

VILLANELLE

J'aime mes livres, gais ou tristes.
Qu'ils soient fermés, qu'ils soient ouverts,
Ce sont des souvenirs d'artistes.

Avec eux je suis les touristes
Sur tous les points de l'Univers ;
J'aime mes livres, gais ou tristes.

Même quand ils sont pessimistes,
Qu'ils soient en prose ou bien en vers,
Ce sont des souvenirs d'artistes.

Malgré des auteurs fantaisistes
Parmi ces dos de cuirs divers,
J'aime mes livres, gais ou tristes,
Ce sont des souvenirs d'artistes.

VILLANELLE

Au capitaine A. Paris.

Perdu dans la foule exotique
De quelque café marocain
J'écoutais en vain la musique.

Je n'étais pas mélancolique
Et mes yeux ne regardaient rien,
Perdu dans la foule exotique.

Après un gros ris sardonique,
Qui m'avait dérangé soudain,
J'écoutais en vain la musique.

J'entendais un bruit métallique,
Un agaçant drelin-drelin,
Perdu dans la foule exotique.

Tandis qu'une voix angélique
Disparaissait dans le lointain,
J'écoutais en vain la musique.

Un inconnu d'humeur critique
Plaisantait quélque citadin
Perdu dans la foule exotique.

Percevant la pauvre supplique
De malheureux cherchant du pain,
J'écoutais en vain la musique.

Le garçon d'un propos cynique
Chassait un petit orphelin
Perdu dans la foule exotique.

D'une tour partait mélodique
L'appel de quelque muezzin.
J'écoutais en vain la musique.

Enfin de la place publique
M'arrivait un bruit de tocsin...
Perdu dans la foule exotique
J'écoutais en vain la musique.

DERNIER TRAIN

Je me souviens d'un train, un dernier train de nuit,
Qui m'a profondément frappé par sa tristesse.

. . . .

D'un effort douloureux et triste où j'ai cru voir
Chaque chose gémir des peines de ce monde,
Ce train, qui doucement avait su se mouvoir,
M'emportait sans pitié dans une nuit profonde
Vers un autre pays accomplir mon devoir.

Des signaux surgissaient de partout dans la nuit,
Tous semblaient me comprendre et crier à tue-tête
A ce monstre d'acier qui roulait à grand bruit
De retourner là-bas, afin que je m'arrête
De me désespérer et de maudire autrui.

Mais il était sans cœur ce dernier train de nuit !
Il se jouait de moi : ralentissait sa marche,
Sifflait lorsqu'un signal se montrait près de lui,
Faisait gémir un pont dont il écrasait l'arche,
Puis, repartait plus vite en augmentant son bruit.

J'étouffais mes sanglots, déplaçais les coussins,
Essayais de dormir pour oublier ma peine ;
Mais le monstre toujours alternait ses refrains
Comme pour m'obliger à rester en haleine.
Et tout mon cœur saignant gémissait dans les freins.

ROND DE CUIR

Ah ! rester au fond des bureaux,
        Près des hommes !
Me sentir entre des barreaux
        Et des tomes !

Respirer du matin au soir
        La poussière,
Et, sur la même chaise asseoir
        Mon derrière !

Noircir chaque jour du papier
        A registre !
Me faire traiter en troupier
        Par un cuistre !...

Ah ! non merci, j'aime bien trop
        La lumière
Pour ne pas traiter un bureau
        De volière...

LE COR

Les yeux gris et brouillés, j'écoute ma tristesse,
Tandis qu'un cor gémit là-bas dans le lointain.
J'aime le son du cor, cependant je confesse
Qu'il augmente ce soir un peu trop mon chagrin...

Quoi, n'est-ce pas un peu de l'âme de l'automne,
La voix mélancolique et poignante du cor ?
Taisons-nous, taisons-nous, au loin, là-bas, il sonne,
Et j'aime malgré tout à l'écouter encor...

PROMESSE

Doucement m'apparut, alors que je dormais,
L'image qu'en mes yeux tu peux trouver encore,
Car je suis bien certain que sera désormais
Cet amour que ne peut effacer une aurore.

Mais je te vis si belle et ton cœur est si doux,
Tu me sembles toujours pour chacun si gracile
Que je sens malgré moi que mon cœur est jaloux
De ne pouvoir suffire à te donner asile.

Ah ! comme je voudrais lire dans tes beaux yeux,
Qui plaisantent toujours, un peu plus de sagesse ;
Mais, hélas, tout alors serait trop merveilleux :
Tu ne pourras toujours être que la Promesse.

Aux SOUKS de MARRAKECH

Baleck ! Baleck ! Baleck sidi !
Sans aucun égard pour l'oreille,
Cent fois par jour vous est redit.

Le matin et l'après-midi,
Dans les souks plus rien ne sommeille :
Baleck ! Baleck ! Baleck sidi !

Ce baleck qui vous étourdit,
D'une voix sans cesse pareille
Cent fois par jour vous est redit.

Craignez de rester interdit
Lorsque l'Arabe vous conseille ;
Baleck ! Baleck ! Baleck Sidi !
Cent fois par jour vous est redit.

PAUVRESSE

Toute couverte de haillons
Et se déplaçant à grand'peine,
Marchant parfois à reculons,
C'était une pauvre indigène.

Cette loque allait à tâtons
Bien trop souvent trouver la haine
Auprès de vous, mauvais colons,
Qui la chassiez pis qu'une chienne

En braquant sur elle un siphon,
En faisant mine de la battre,
Même en vous mettant jusqu'à quatre

Pour la menacer de prison.
Pitié ! Pitié pour la vieillesse !
N'insultez pas une pauvresse.

QUAND IL PLEUT

Comme sont longs, les jours de pluie,
Tous les loisirs
Sans désirs !
Avec la nature on s'ennuie,
Sans réagir,
A mourir.

On regarde par la fenêtre
Négligemment
Le passant,
Sans apprécier le bien-être
D'un logement
Ravissant.

Dans la Palmeraie de Marrakech

Tandis que je glissais sur un ruban trop blanc,
Emporté vers le Sud (le sud de Taroudant),
Je sentais ce matin l'haleine matinale
D'une nature vierge, à mes yeux idéale.

Cependant un air frais me cinglait méchamment
Tandis que le soleil était encore absent
Et que, semblant surpris du lever de l'aurore,
Des fumées s'enfuyaient d'un rare gourbi maure.

Maintenant, le soleil a des rayons brûlants
Qui m'ont fait repousser mes manteaux et mes gants,
Et m'allonger à l'ombre auprès de cette haie
Qui semble limiter l'immense palmeraie...

Certes, bien volontiers je boirais un tantet
D'une fraîche boisson (bière ou bien limonade),
Mais les cafés sont loin, là-bas vers l'esplanade,
Puis la nature semble accablée et se tait,

De sorte que je n'ose abandonner ma place
Pour aller prendre un bock parmi la populace ;
Je préfère rêver ou sommeiller ici
Plutôt que de subir des voisins et du bruit...

Mais, je vois se faner des fleurs de toutes sortes !
De pauvres vieilles fleurs que je supposais mortes...
Encor bien malgré moi j'exhume le passé
Tandis qu'au fond de moi gémit un cœur lassé.

O ciel de Marrakech, tu brûles mon visage
Sans réchauffer mon cœur qui souffre et se morfond ;
Les trop vives couleurs de tout ton paysage
Ne sont plus pour mes yeux qu'un pénible plastron.

Adieu, sous tous les cieux c'est la même rengaine ;
Il m'apparaît toujours avec un air moqueur
Ce Passé qui sans cesse avec lui me ramène
Deux intimes témoins : Souvenir et Douleur.

HEURE TRISTE

Tandis que j'aperçois autour de moi de l'ombre,
Que chaque objet me semble être une tache sombre,
Mon esprit, bien en vain, s'efforce de tromper
Mon cœur dont le chagrin ne peut se dissiper...

Mais je ne dirai point quelle douleur m'accable :
Je dois être assez fort pour demeurer capable
De supporter tout seul en refoulant mes pleurs
Tout ce que le Destin m'affecte de malheurs.

Et d'ailleurs, à quoi bon faire part de ma peine ?
Chaque humain n'a-t-il pas sa bonne part de chaîne ?...

J'entends souvent l'Infini sangloter

Suis-je au bord de la mer quand sévit la tempête,
Inconsciemment alors tout mon être s'arrête,
Et, tandis que je souffre à l'aspect des flots gris,
Mon âme perçoit trop de sanglots incompris.

Suis-je dans la forêt lorsque souffle la bise,
Mon âme en peu de temps revêt sa robe grise
Pour écouter des bois tous les bruits éplorés
Qui troublent si souvent les enfants égarés.

Suis-je seul dans ma chambre ou perdu dans la foule,
Que l'océan soit calme ou troublé par la houle,
Mon âme entend souvent l'Infini sangloter
Et je ne pourrais pas l'empêcher d'écouter.

A la Mémoire de ma Sœur
LUCIENNE

Trop loin pour entendre le glas
Qui sonnait en notre village,
J'appris trop tard votre trépas
Pour revoir votre cher visage.
Ah ! maudit soit ce long voyage
Qui chaque jour m'éloignait,
A mon insu' bien davantage,
De Celle que chacun aimait !...

Mes yeux ne vous reverront pas,
Lorsqu'à la fin de ce voyage,
Je suppose aux premiers frimas,
Je rejoindrai notre village.
Ah ! je crains bien que le courage
Me manque dès que je verrai
Dans les yeux des nôtres l'image
De Celle que chacun aimait !...

Mes oreilles n'entendront pas
Votre voix douce et toujours sage
Qui réprimait chaque faux-pas
En évitant toujours l'orage.
Cependant, ce qui me soulage,
C'est de penser que j'entendrai
En bien des choses le langage
De Celle que chacun aimait !...

Dieu, rendez-nous notre courage
En nous disant qu'il est bien vrai
Que vous protégez l'âme sage
De Celle que chacun aimait !...

JE SONGE AU RETOUR

Nous ne sommes qu'en mai, cependant, dès ce jour,
Malgré tous mes travaux, je songe à mon retour...

Oui, je me vois déjà sur le bateau, je vogue.
Fixant en vain les yeux sur un pauvre prologue
Que j'abandonne enfin pour ne songer qu'à vous,
Partout autour de moi l'air me semble trop doux.
Aucun nuage au ciel, mais il est d'un bleu triste
Ce ciel qui tout à l'heure était du plus beau bleu ;
Et, j'entends au salon un fort mauvais pianiste
Qui devrait bien vraiment se reposer un peu...

Le soleil, qui sans doute abhorre un ciel trop triste,
M'a semblé disparaître assez à l'improviste.
La lune, pâle encor, dans le ciel monte et luit.
Je vogue encor, je vogue et j'entends dans la nuit
Les vagues m'adresser mille plaintes humaines
Tandis que le bateau laisse gémir ses chaînes...

L'air est devenu frais ; resté seul sur le pont
(Ma chaise est installée auprès de l'artimon)
Je songe doucement à mon petit village
En regardant Phébé tracer dans le sillage
D'innombrables filets aux beaux reflets d'argent.

Bien loin du jour moqueur, par ce soir engageant,
Dans le flou curieux de ma lointaine absence
Je sens mon cœur trop lourd écouter en silence
La voix du souvenir qui me rappelle tout.

Souvenirs ! Souvenirs de vous tous, et, surtout
Souvenirs de l'Absente
Pour laquelle en mon cœur une chapelle ardente
Saura rester debout...

LASSITUDE

D'un œil indifférent je regarde la terre ;
Je sens très vaguement grouiller autour de moi ;
Mon âme chaque jour est un peu plus austère,
Je fuis l'humanité sans trop savoir pourquoi.

·Tout me paraît hostile et je sens trop de vide,
Tout est terne et je vois comme un soleil livide
Se lever là, tout près de moi, pour m'effrayer.

Ah ! je voudrais partir, fuir la terre insipide
Où parmi tant de maux c'est l'ennui qui préside.

Mais, mes yeux fatigués viennent de se brouiller,
Ma tête m'abandonne et je sens que m'oppresse
Je ne sais quel démon heureux de ma détresse.

CHIEN ERRANT

Pourquoi me regarder avec tes grands yeux tristes,
    Gentil chien noir au poil luisant ?
N'aurais-tu pas de maître ? ou cherches-tu sa piste ?
    Viens, va, je ne suis pas méchant.

    A ton regard je ne résiste,
    Il me semble si suppliant.
    Viens, dis-moi tout ce qui t'attriste,
    Accepte-moi pour confident.

      Quoi, ma main t'inquiète ?
      Tu me vois approcher
      Et tu bats en retraite.
      Je ne veux me fâcher,
      Cependant tu me peines,
      D'autant plus que je crains
      Qu'en vain par les chemins
      Tu promènes tes peines...

      Mais mon cabot s'enfuit
        L'air triste,
      Tandis que mon ennui
        Persiste.

POÉSIE OU PROSE

Non, je ne déteste la prose,
Qui ne repose
Jamais les yeux ;
Cependant, à ma fantaisie,
La poésie
Est beaucoup mieux.

J'aime les bois et leurs broussailles,
L'humble hameau
Près du ruisseau ;
Pourtant, je préfère Versailles,
Son parc, ses eaux
Et ses châteaux.

JALOUSIE PEU COMMUNE

POÈME THÉATRAL

SCÈNE I

Bureau-salon. Près d'un petit balcon, sur une causeuse,
ELLE et LUI. - *Après quelques minutes de silence Elle regarde
l'heure et se lève.*

LUI, *abandonnant sa lecture.*

Déjà sur le départ ?

ELLE, *pincée.*

Je dois passer chez Marthe avant que le jour baisse.

LUI, *ne comprenant pas la cause de cette mauvaise humeur.*

Mais il n'est pas si tard !
Puis, qu'avez-vous encor ? Pourquoi cette tristesse ?

ELLE, *mettant ses gants.*

Que peut vous importer ?

LUI, *navré.*

Vous voulez plaisanter ?

ELLE.

Plaisanter ! Non vraiment, car votre compagnie
Ne peut guère engendrer que la mélancolie.

LUI, *vexé.*

Je ne veux plus longtemps ici vous retenir
Et ne vous prierai pas non plus de revenir.

Il l'aide à vêtir sa mante.

ELLE, *avec émotion.*

Adieu ! Je suis confuse...

LUI.

Il n'y a pas de quoi vraiment.

ELLE.

Permettez, je m'excuse
D'avoir involontairement
Pu compliquer votre existence
En vous imposant ma présence.

Il l'accompagne jusqu'à la porte ; elle lui tend la main.

ELLE.

Adieu.

LUI.

Adieu.

ELLE, *hésitante.*

Ainsi nous nous quittons ? et, sans une caresse ?

LUI, *conservant encore sa main.*

Je n'aurais pas osé, certes je le confesse,
Mais si vous permettez...

Ils s'embrassent. Elle, se dégageant vivement s'apprête à sortir.

LUI, *se plaçant devant la porte, sur un ton suppliant.*

Allons, voyons restez !

Il la prend dans ses bras, ils s'embrassent, puis elle sanglote.

ELLE.

Je vous aime pourtant !.. Ah ! vous pouvez me croire !..
Combien je suis navrée !... Ami, pardonnez-moi ?

LUI, *l'embrassant.*

Chérie... Séchez vos pleurs ; laissons là cette histoire
Dont je ne veux pas même exiger le pourquoi.

ELLE.

Si ! si, je veux vous dire : Ainsi, je suis jalouse...

LUI, *étonné.*

Je ne vous comprends pas ?

ELLE.

Je voudrais devenir, pour toujours, votre épouse,

LUI, *embarrassé.*

Je ne vous comprends pas ?...

*Comme elle quitte ses gants, il l'entraîne vers le divan situé
dans un angle obscur de la pièce.*

Rideau.

SCÈNE II

Elle et lui ont repris place sur la causeuse.

LUI, *gentiment.*

Dis-moi, qu'avais-tu tout à l'heure ?
N'aimes-tu plus notre demeure ?

ELLE, *après un gros soupir.*

Si, mais je voudrais déchirer,
Et jeter sur la pelouse,
Ces livres qui me font pleurer.

LUI.

Tu disais être jalouse ?
Je ne comprends plus maintenant.
Ces livres n'ont rien de gênant ?

ELLE, *frappant du pied.*

Si ! Si ! je voudrais les détruire !

Elle sanglote.

Je vous ai trop vu leur sourire !
Je sais que vous les admirez !
Je ne peux plus les tolérer !...

Elle se dirige furieuse vers la bibliothèque. Lui, très calme, l'arrête et l'emmène vers un fauteuil.

LUI.

Voyons, voyons, petite folle,
Ne vous emportez pas ainsi ;
Votre état vraiment me désole,
Venez donc vous asseoir ici.

Il s'asseoit dans un grand fauteuil et la prend sur ses genoux tandis qu'elle sanglote de plus belle.

Je vous croyais plus raisonnable !
Avouez, c'est impardonnable
De se mettre en un tel état.

Il la caresse et sèche ses pleurs. Puis, comme elle se calmé, il chantonne.

Allons, allons, sénorita,
Ne parlons plus de vendetta,

Et tandis que pour vous je chante,
Donnez-moi vos lèvres, charmante...

Quelques baisers.

Allons, allons, sénorita,
Ne parlons plus de vendetta,
Donnez encore une caresse
Et je vous laisse ma jeunesse...

ELLE.

Pour votre jeunesse, merci,
Mais, vos livres, je veux aussi.

LUI, *agacé.*

Encor, mais ils vous appartiennent ;
Ils sont comme moi tout à vous.
Calmez, calmez votre courroux,
Restez gentiment toute mienne...

Elle l'embrasse.

LUI, *après un temps.*

Un livre, c'est un compagnon
Dont l'homme ne peut se défaire ;
Je serais toujours très grognon
Sans les livres que je vénère.

ELLE, *faisant mine d'être consolée.*

Vous voulez donc les conserver
Ces livres qui vous font rêver
Bien trop souvent en ma présence ?
Eh bien ! soit, mais par complaisance
Pour celle qui n'aime que vous,
Ne leur faites plus les yeux doux !...

LUI, *en l'embrassant.*

Je vous aime, méchante...

On sonne ; ils se lèvent.

LUI, *regardant sa montre.*

C'èst Mina, la servante.

ELLE.

Je me sauve, il est tard.

Il l'aide à se vêtir.

LUI, *montrant sa montre.*

Il est déjà le quart !

ELLE.

Je ne verrai pas Marthe et marcherai plus vite.
Vous ne m'en voulez plus ?...

Ils s'embrassent.

A demain, je vous quitte...

LUI, *l'accompagnant jusqu'à la porte.*

Demain, venez plus tôt et sans hostilité,
J'aurai tout préparé pour vous servir le thé.

—ELLE, *dans un baiser.*

Je vous aime.

On frappe à la porte de service. Elle s'enfuit.

LUI.

Je...

Rideau.

SCENE III

*Lui, seul sur le balcon, lit du Loti. Un coup de sonnette.
Elle entre en courant, toute joyeuse. Lui, abandonnant son
livre va à sa rencontre.*

ELLE, *gamine.*

Bonjour, chéri ! Voyez je suis à l'heure !

Ils s'embrassent.

J'ai bien gagné

LUI, *moqueur.*

Des compliments.

ELLE, *gamine.*

Oui, mais j'aimerais bien mieux la meilleure...
Devinez ? c'est plus amusant...

Elle quitte manteau, chapeau et gants qu'elle jette sur un
fauteuil. Ils s'installent dans la causeuse.

LUI.

Des crèmes au chocolat ou bien à la vanille ?

Elle le giffle doucement, puis faisant mine d'être fâchée,
elle se dirige vers le balcon.

ELLE.

Vous êtes un méchant, je ne vous aime plus.

LUI, *même jeu.*

Décidément vous ne savez être gentille !
Et vous serez toujours une petite fille.

ELLE, *se redressant.*

Permettez, j'ai vingt ans, et vingt ans révolus,
Et si je mange encor parfois du chocolat
J'ai bien droit maintenant, étant donné mon âge,
De préférer parfois (lorsque vous êtes sage)
Une bonne caresse au meilleur de vos plats.

LUI, ramasse son livre qu'il va déposer sur un guéridon,

après avoir soigneusement marqué sa page avec une faveur verte. Revenant près d'elle.

Pardon, chérie, excusez-moi, vous dites ?

ELLE, *visiblement fâchée de ne pas avoir été écoutée.*

Rien ; rien qui puisse vous intéresser.

La bonne vient d'apporter le thé, Elle va s'asseoir et grignote un gâteau sec tandis que lui, surpris par cette mauvaise humeur, s'occupe à servir le thé.

LUI.

Qu'avez-vous donc ? Qu'est-ce qui vous irrite ?
Qu'ai-je donc fait qui fasse grimacer
  Vos lèvres si mignonnes ?
  Qu'est-ce qui vous chiffonne ?

ELLE, *sanglotant (tandis qu'en vain pour l'apaiser il lui prodigue des caresses).*

  Ah ! vous ne m'aimez plus !...
  Je suis trop malheureuse !...

LUI, *s'efforçant d'être gai.*

Cette histoire est fameuse !
  Serai-ce superflu
De demander comment depuis quelques minutes
Vous avez découvert ce motif à disputes ?

ELLE, *sanglotant toujours.*

Vous osez demander !... Vous avez de l'aplomb !...
Soyez franc : m'aimez-vous ?

LUI, *gentiment.*

Voyons, petit démon,
Si je n'avais pour vous une affection sincère,
Je ne vous prierais pas de revenir souvent.

ELLE, *séchant ses pleurs.*

Cela ne prouve rien. Mon mécontentement
Est trop fort aujourd'hui ; je ne peux plus me taire :
Je souffre de voir votre cœur
S'intéresser à ces voleurs

Elle montre la bibliothèque.

A ces pédants, à ces menteurs,
Qui même en ma présence
Ont assez d'insolence
Pour retenir votre attention.

LUI.

Mais...

ELLE, *lui coupant la parole.*

Laissez, laissez-moi, que ma juste colère
Vous dise mon indignation.

LUI (*lui mettant gentiment la main sur la bouche, en l'em-*
brassant).

Prenons d'abord le thé, voyez-vous je préfère
Cette bonne boisson à tous vos arguments
Qui ne sauraient avoir de sérieux fondements.

ELLE, *se dégageant.*

Merci, je partirai sans avoir pris le thé,
Mais, je tiens à vous dire avant de vous quitter
Que j'ai bien droit d'être surprise
Qu'un homme manque de franchise.

LUI.

Je ne vous comprends plus, calmez-vous, dites-moi
Que vous prendrez le thé pour calmer votre émoi ?
Puis, nous reparlerons doucement de ces choses
Et chasserons d'ici ce qui vous indispose.

Il la fait rasseoir et lui offre des gâteaux.

ELLE, *un peu consolée.*

Eh bien ! soit, mais au moins donnez-moi un baiser ?

LUI.

Oh ! Çà bien volontiers, je vous donnerai même,
Pour vous prouver qu'il est bien vrai que je vous aime,
Deux caresses de plus que vous n'en demandez.

Ils s'embrassent.

Méchant, vilain méchant qui me fait de la peine,

LUI, *se dégageant*.

Observons l'armistice et buvez votre thé,
On dit cette boisson bonne pour la santé.

Ils prennent le the.

A propos, prenez-vous encor votre verveine ?

ELLE.

Oui, toujours après le dîner ;
On a su me persuader
Que le café m'était contraire.

LUI, *achevant son thé.*

Et la verveine salutaire.

ELLE.

Vous ne me croyez pas ?

LUI.

Mais si.

ELLE.

Vous devriez en prendre aussi ?

LUI.

Çà non, par exemple, merci.

ELLE.

Vous dormiriez bien mieux et laisseriez sans doute,
Au moins pendant la nuit, ces livres qui m'écoutent
En nous tournant le dos.

LUI.

Allons, ma douce amie, encor, toujours mes livres,
Pourquoi leur en vouloir ? Ils ne savent pas vivre
Lorsqu'ils sont au repos !

ELLE, *fâchée.*

Puisque nous en parlons de toute la séquelle
De vos tristes amis cause de nos querelles,

LUI, *agacé.*

Voyons, laissez-les donc, ne reparlons plus d'eux.

ELLE, *élevant la voix.*

Ah ! çà non ! Seriez-vous à ce point oublieux ?
Ne m'avez-vous promis, sans que je vous l'impose,
De chasser de chez vous tout ce qui m'indispose ?

LUI, *se ravisant.*

Je ne puis vous prendre au sérieux
Quand vous me demandez la lune !

ELLE, *exaspérée.*

Oui, je sais qu'ils vous sont précieux,
Mais j'ajoute qu'ils m'importunent

Tous ces bouquins que vous parez
De couvertures fantaisistes,
Que vous traitez d'idéalistes
Et osez même décorer
De faveurs pour marquer vos pages.

LUI, *qui de plus en plus agacé est allé s'enfoncer dans un fauteuil.*

Je vous croyais vraiment plus sage !
Enfin, demain j'éloignerai,
Afin de vous être agréable,
Tous mes livres et mes livrets

Il va placer un paravent devant la bibliothèque.

Dès maintenant très supportables.

ELLE, *un peu consolée, devenant câline.*

Dites-moi : vous m'aimez plus qu'eux ?

LUI, *se rapprochant d'elle.*

Vous n'allez pas encor en douter je suppose ?

ELLE, *encore ennuyée.*

C'est que... je vous sais si curieux...
Et puis, tous ces mâtins, ils savent tant de choses.

Rideau.

TABLE

IMP. BOSC Frères & RIOU
o 42, Quai Gailleton o
o o o o o LYON o o o o o

BIBLIOTHEQUE NATIONALE DE FRANCE
3 7502 01324079 3